U0015740

人間條件4
一樣的月光

編劇·導演 **吳念真**　演出·製作 **綠光劇團**

目 錄

作者序 /

人間系列走到現在，第四集

　　過去三集裡讓我最頭痛的演員就是人稱李美國的李永豐
──紙風車文教基金會的執行長。

　　號稱國立大學戲劇本科碩士的他經常不屑地跟別人說：吳
念真是誰？他只不過是私立大
學會計系的畢業生，而且，還
是夜間部的。

　　也許是這樣的心態，所以
排練的過程他不但是最後一
個丟本（就是把所有台詞背
熟，可以丟掉劇本）的人，
而且，不管演出方式或者節
奏掌握，他都我行我素，所
有錯誤不但可以重複發生，
甚至可以無預警地生出另
一個不可原諒的錯誤；而
面對導演的指責，他甚至
敢大剌剌地公開他的「三

不原則」：不會改變、不會記住、不受控制。

可是這樣一個演員，卻老是在謝幕的時候得到善意的觀眾「如波浪般洶湧而來的掌聲」（他自己的說法）。

所以，演完《人間2》的時候，我跟他說如果有《人間3》而且他一定要參與演出的話，我一定會幫他寫一個角色，是所有人都可以捅他一刀，讓他血流五步、橫死舞台的爛人，而且一定在上半場就讓他消失，以免影響其他演員的情緒。

我做到了。

那個髒話連連的鐵工廠老闆雖然不是被眾人捅死，但至少是真的被捅死，而且在上半場就結束他所有的戲。

但是……即便是這樣一個戲分不多的角色，他一樣可以演得隨時忘詞、隨時出錯、我行我素。於是，當他問我說，如果有《人間4》的話，我會給他什麼角色時，我說我要讓他演一個笨賊，被黃韻玲、林美秀兩個姊妹抓到，還來不及開口嘴巴就被塞抹布，而且被綁在柱子上；這樣的話，我就不用擔心他會忘詞、擔心他的走位、擔心他亂演。

說來心虛，但，這的確是《人間條件》第四集最初的動機。

最後，我還是做到了。他演的的確是一個賊，但除此之外，整個故事和當初在腦袋裡出現的第一個雛形已經相距十萬八千里了。

創作是一個外人絕對無法了解的痛苦過程，不過，一旦創

作者被自己創造出來的角色，帶著一路往內心深處隱藏的眞正的自己走去時，那種一如腳底按摩般既痛苦卻又伴隨某種解脫感的快慰和釋然，同樣是無法與外人共享的。

我不知道是年紀增長或者是自己面對身處的環境的感觸有所改變，這次，我不否認，我把眼光從別人和過往時光移到此刻、移到自己身上。

我所謂的自己，是眞正的自己，是那個因爲知識而傲慢而得到利益而忽視甚至不屑於聆聽其他聲音的自己；而最悲哀的是，這樣的自己卻又完全背叛因知識而應有的「誠實」——完全拒絕承認自己是這樣的一個人。

這齣戲就是這樣的人的故事。

或許它會違背你的期待，因爲它少了溫暖，多了殘酷。

不過話說回來，自省如不殘酷，那一樣是知識分子的通病——找個理由原諒自己的傲慢和無知。

而我寧願相信，能殘酷自省的時候，殘酷的另一面就是自信，一如自覺成功的人才敢標榜過去的卑微和貧窮。

人間條件4

一樣的月光　原著劇本

演出人員

吳念眞 飾 清潔公司負責人

黃韻玲 飾 美眞

林美秀 飾 美女

柯一正 飾 美眞、美女之父

陳希聖 飾 大樓管理員

李永豐 飾 賊頭（2009）

林聖加 飾 賊乙

第一場

姊妹

從小，我爸爸就說，我什麼長處都沒有，
唯一的一項，就是清氣性……

舞台一角，兩椅一桌的面談擺設，面談者巳坐在那兒，是個中
年有點率性的負責人。一個年紀有點大的男人已經面談結束。

負責人：啊就這樣啦哦，你等阮通知……

男　人：（慢慢站起來，扶著腰）是講，不知可以跟你偷問
　　　　一下否，啊……我敢會錄取？

負責人：這我嘛不敢跟你保證，我們只要六個人，應徵的來
　　　　了六十個……講到現在嘛還沒一半，我若現在隨決
　　　　定，對大家嘛沒公平，你講對否？

男　人：我了解啦……是講我這款歲數的人……卡沒機會，
　　　　啊，才卡拜託啦……

12

負責人：別這樣講，我盡量啦！（男人略扶著腰，走路有點
　　　　不方便地出去）

負責人：下一位！（他翻看著資料，翻完了還沒人，猶豫一
　　　　下，稍大聲）下一位！（還是沒人進來，他翻看一
　　　　下資料站起來喃喃地說：啊現在是怎樣？）林美女小
　　　　姐！（來啊，來啊，美女一邊應著一身鮮紅進來）

美　女：不好意思，名字叫做美女，啊跑一個我入來給你嚇驚！

負責人：還好啦，我的名也跟我的人倒反，我叫做俊男。

美　女：真的假的？咱兩個不就跟門聯同款，一邊美女，一
　　　　邊俊男，上面寫：誤會一場……哈哈……歹勢歹
　　　　勢，我哪會這麼厚話！（小聲一點問）對啦，請問
　　　　一下，剛剛出去那個歐吉桑，你敢有給伊錄取？

負責人：（疑惑地）妳問這幹嘛？

美　女：沒啦，我是感覺伊嘛可憐，腸子開刀才出院就來找
　　　　頭路，六十一了呢，晚結婚的款，兩個囝仔攏攑在
　　　　讀書開錢，一個大三，一個在美國留學……攏還在
　　　　開錢。

負責人：妳認識他哦？

美　女：剛剛才熟識啦，啊都從這裡走出去的時候，不知是
　　　　手術的空嘴疼還是怎樣，整個人蹲下來，大家都站
　　　　著看，也沒人出手給扶一下，我不才雞婆給差去坐
　　　　電梯……啊順便親荣問問咧……六十一歲……我爸
　　　　爸如果在也是六十一……

負責人：（看一下資料）妳爸……不在了啊？

美　女：媽媽也一樣……兩個人一起去……

負責人：去哪裡？

美　女：蘇州賣鴨蛋。

負責人：啊？怎麼會一起？

美　女：啊分工合作啊，一個負責賣，一個負責收錢啊……
　　　　開玩笑啦……老實說，不知是他們沒福氣還是我害
　　　　的，到現在我也搞不清楚？啊都我妹妹在美國拿到碩
　　　　士要回來那天，我包了一輛計程車，載他們兩個從清
　　　　水到中正機場要去接她，早上六點多的飛機……我們
　　　　四點多出發，我一直都很會睡啊……從小就這樣，
　　　　上車不久當然就睡著了，醒來的時候，我看到我媽

媽的臉就在我面前，手上拿著吃了一半的麵包，好像在問我說：啊妳要吃否？……我搖搖頭，忽然我爸爸的手從我面前這樣伸過來，好像說：伊那麼胖，賣擱乎吃啦，乎我啦……然後，我才聽到有人在喊說：裡面的人出聲！出個聲音……，我就說：啊現在幾點啦？外面的的人答非所問說：好像還有一個活的……就這樣。……啊我講這個幹什麼？不好意思，我好像在爭取同情票……

負責人：不會啦……我也聽得忘了我是在面試……（翻了一下資料）妳經歷很豐富乁……平車考克、電子公司作業員、接線生、安親班保母、精品店副店長、移動式商業經營？……（美女說：就是擺地攤啦！移動……你也知道，就是跑給警察抓。）還有這個什麼……生命管理？

美　女：啊……就是推銷靈骨塔啦！我就是比較不會念書啊，國中畢業以後，什麼都做，我妹妹叫我不要寫這些沒有用的，要寫就寫那種讓人家眼睛一亮的，所以後面這幾個就是她幫我改的……

負責人：會想到這種名詞，不是蓋的，真的很美國碩士！

美　女：什麼意思？

負責人：沒有啦，我是說……啊妳怎麼會想到要來清潔公司應徵？

美　女：是這樣啦，這幾年我在照顧一個生病的阿伯，
　　　　二十四小時的，很安定，賺錢也沒有時間花，一年
　　　　多前，想說既然存了一點錢，現在銀行利息又那麼
　　　　低，那不如拿出來買一間房子，這樣的話，不但妹
　　　　妹可以叫來跟我一起住，以後萬一嫁不出去，老了
　　　　至少還有個可以睡覺的地方，不會流落街頭……誰
　　　　知道阿伯的兒子最近被裁員，天天在家裡罵政府，沒
　　　　有收入，就計畫說要把阿伯送到安養院比較省……人
　　　　家這樣決定也是對，你說是不是？所以……美女就
　　　　碰到俊男了。

負責人：妳會習慣清潔工作嗎？

美　女：跟你說你也許不相信，我最喜歡把看起來很亂、很
　　　　髒的地方弄得乾乾淨淨整整齊齊的，我看得到的地
　　　　方如果有一點點亂，我就會跟著亂，從小，我爸爸
　　　　就說，我什麼長處都沒有，唯一的一項，就是清氣
　　　　性……

負責人：這看得出來，我的桌子都被妳弄到我東西都找不到
　　　　了！

美　女：啊……不好意思……所以你的意思是……我不會錄
　　　　取了？

負責人：我有這樣說嗎？（笑笑地站起來，表示會談結束）

美　女：（也站起來）我沒有錄取沒關係啦，不過……剛剛

　　　　那個歐吉桑你可不可以給他一個機會？那種年紀的
　　　　人，要重新找工作眞的很難ㄟ……

負責人：妳就比較容易嗎？

美　女：我喔……我起碼沒有小孩要養啊！

負責人：我會盡量考慮……

美　女：你是好人。

負責人：妳不要亂改我的名字，我叫俊男……對了，妳這套
　　　　衣服……很醒目。

美　女：眞的喔，爲了今天的面談特別去五分埔買的呢，我
　　　　妹妹幫我挑的，她也說這套穿在我身上一定很醒目
　　　　……這輩子第一次被俊男讚美呢！美女在此表示感
　　　　恩！謝謝！（鞠躬）好爽……哈……

燈暗

17

外商公司的面試，一樣是簡單的陳設，只是桌椅的氣質和前面
有顯著差異。美真有點嚴肅地把資料遞還給一個西裝領帶男。

美　　真：（英文）謝謝你來，結果如何，我們會盡快用
　　　　　E- mail通知你。

男應徵：Thank you too, for give me this chance。（鞠躬離
　　　　開）

美　　真：（喃喃地）Give me this chance……日本人啊……
　　　　　Next！

一個年輕貌美的女孩走了進來，穿的是和前面美女幾乎一樣的
洋裝。

女應徵：（很自信的美國式的女孩，一進來一聲Hello之後就
　　　　　是一長串完全主動的話，流利的美式英文。）對不
　　　　　起，首先我要謝謝你給我這個機會，不過，我不知
　　　　　道我有多少時間可以讓你了解我更多，所以除了準
　　　　　備書面資料之外，我也準備了Powerpoint，不過，
　　　　　書面的資料很難充分顯示過去我在市場開拓這個領
　　　　　域的一些經歷和成績，所以，如果可以的話，我可

不可以……

美　眞：（打斷）Stop，我開始問妳話了嗎？

女應徵：Oh, I am sorry……

美　眞：我有說我們要用英文交談嗎？還是你覺得妳英文比
　　　　中文好？

女應徵：Sorry,（看美眞白她一眼，頷首改口）對不起。

美　眞：（安靜地翻著書面資料，有點尷尬的安靜。）碩士
　　　　回來四年，經歷五個公司……是妳的問題還是那些
　　　　公司有問題？

女應徵：我……不懂妳的意思。

美　眞：我是說，是妳的能力達不到那些公司的要求，還
　　　　是，妳對那些公司根本缺乏向心力和忠誠度，只是
　　　　把他們當作妳累積資歷和經驗的跳板……

女應徵：我……好像沒有這樣想過，我只想說自己還年輕，
　　　　可以嘗試各種可能性，也才知道自己不足的地方，
　　　　然後趁年輕再去進修……

美　眞：也是，年輕的確是本錢……（把手上的資料拿給應
　　　　徵者看）所以……妳每次應徵的履歷裡都會附上這
　　　　麼多穿短裙，還有露胸小禮服的照片？

女應徵：這些照片是我參加一些商業活動，還有出席一些國
　　　　際商務會議的證明……

美　眞：看得出來……這的確是很好的證明，證明妳不但年

輕，而且還「相當」性感。

女應徵：對不起……這樣的Interview讓我覺得有點……不舒服。

美　　眞：是嗎？我也有同感ㄟ……妳一進門的時候，那種模
　　　　　樣和態度就讓我不舒服。妳讓我覺得……就像台灣
　　　　　的某些人，滿口國際化，但穿著打扮分明就是鄉下
　　　　　人進城的樣子……我們公司不大，但是我們有我們
　　　　　的位階和文化……

女應徵者有點情緒地站起來，這時洋經理拿著兩杯星巴客進
來。

洋經理：（英文）Hello，希望我沒有打斷妳們。（給美眞一
　　　　　杯咖啡）我想是妳需要補充一點咖啡因的時間了……
　　　　　（看看女孩用中文說）妳好！

女應徵：你好。

美　　眞：（英文）我們剛結束會談。

洋經理：（看了一下女孩，用中文笑著說）爲什麼可以跟美
　　　　　麗女士講話的不是我？（看了一眼桌上的資料，有
　　　　　點意外的表情，拿起來看，英文）妳也是紐約大學
　　　　　的？（中文）那妳是我的學妹！妳哪年在NYU？

女應徵：（英文）2001到2003，剛好碰到911。

洋經理：（英文）啊，那時候我已經來台灣了！（問美眞）

沒錯吧？我記得我們一起看CNN的新聞，看了一個晚上。（美真有點尷尬地點頭，洋經理看一下資料，驚訝地問女孩）去年在西雅圖的的電腦展妳也去了？

女應徵：是，那是一個很棒的展覽。

洋經理：沒錯，我也去了。真巧。用台灣的說法，我們很有「緣分」對吧？

女應徵：嗯，真的有緣分。

洋經理：謝謝妳來面談，希望我們也有緣分可以一起工作。

女應徵：謝謝，我也希望。

女應徵和洋經理握手，然後轉身離開。

洋經理：（看著女生背影，喝著咖啡說）看起來很Smart。

美　眞：你想說的應該是很年輕、很性感吧？（看洋經理一眼）Next！

燈漸暗

最後洋經理摟摟美眞的肩膀，走出去。

燈全暗

驚喜

乾爸乾媽認乾女兒不是遊戲，
那是一種情分，那也不是小時候的事。
那是一輩子的事……

燈漸亮

舊式公寓大樓的管理員位子，有點陰暗、壓迫而且陳舊，老舊的手提音響聽的是台北愛樂的節目。管理員正用一把大茶壺倒開水泡碗麵。

美真進來，典型的現代上班族，背著外出皮包，提著電腦包，一邊講電話進來。

美　眞：我發現你每次都給我一個非常奇怪的理由ㄟ，這種
　　　　理由也許你不覺得不好意思，但是我都會替你覺
　　　　得臉紅，請問一下，你是什麼職位？多少薪水？
　　　　這是你的Responsibility, OK？（轉身朝管理員）
　　　　Hello，你的收音機不能關小聲一點嗎？（管理
　　　　員轉身去關時，美眞說了聲Shit！然後繼續講電
　　　　話，一邊走開）請問一下，誰沒有家庭？小孩生
　　　　病，OK，我很同情，但是你可以在上班時間不講
　　　　一聲跑回家送他去醫院啊？Shit！你就可以一走了
　　　　之電話關機啊……

管理員：（喃喃地）心中有大便，眼中皆大便……（拿
　　　　起電話撥）喂，府上小姐上樓了！可以準備給
　　　　她Surprise了。（然後拿筷子在胳肢窩擦了擦，打
　　　　開麵碗挑麵）

燈漸暗

換景中

美真不悅的講電話聲持續。

美　真：……你不要跟我Complain這個，真的，你越講只
　　　　會讓我更清楚你的無能而已（拿鑰匙開門的音效，
　　　　門開，燈亮，美女從客廳後面捧著蛋糕出來，大聲
　　　　說：Surprise！然後唱：祝妳生日快樂……美女出
　　　　來，美真剛好大聲講話，美女連忙閉嘴，捧著蛋糕
　　　　傻傻站在那裡）你夠了，你真的夠了……我跟你
　　　　說，如果你不願意承擔壓力，希望準時上下班，希
　　　　望有很多家庭時間，其實你有很多選擇，你可以去
　　　　當公務員、當大樓管理員、去擺地攤，或者去賣
　　　　你的營養大雞排！OK？（美真關掉電話，看著美
　　　　女）

美　眞：妳幹嘛？

美　女：生日快樂！

美　眞：又不是今天！

美　女：農曆是今天啊！

美　眞：拜託，現在誰還過農曆啊？

美　女：有啊，過年不就是過農曆的？妳生日我都幫妳過農
　　　　曆的妳忘記了？趕快吹，趕快吹啦，蠟燭快燒到蛋
　　　　糕了。（美眞草草吹了）啊妳也沒許願就吹？

美　眞：好吧，希望可以早一點找到一個有錢、有氣質又一
　　　　輩子愛我的男人。

美　女：啊妳每年都講一樣。（美女拿刀子給美眞切蛋糕）

美　眞：啊因爲每年都沒實現啊……（把刀子給美女，美女
　　　　接著切）妳今天幹嘛穿這樣？

美　女：我去應徵啊！

美　眞：是哦，啊結果怎樣？

美　女：（拿蛋糕給美眞）還沒有結果啊……對了，我跟妳說，好好笑哦，那個問我問題的人名字竟然叫做「俊男」。

美　眞：那個人一定長得很醜。

美　女：還可以看啦，不過，他人眞的不錯……有一個人，跟爸爸一樣老，還去應徵呢，我跟他說可不可以錄取他，那個俊男還跟我說會盡量……

美　眞：妳去應徵工作還替別人講好話？等一下，妳還穿這樣去應徵？

美　女：對啊！

美　眞：那妳根本不用去了嘛！妳怎麼常常浪費時間去做這種沒有效益的事！

美　女：按怎講？

美　眞：算了。

美　女：人伊有亡樂我這舒衫好看呢！

美　眞：啊？

美　女：他說穿在我身上很醒目。

美　眞：這倒是眞的。

美　女：我還跟他說，這是妳幫我挑的。

美　眞：啊？妳不要亂講，我怎麼可能挑這種衣服？

美　女：妳哦，一直都這樣，頭殼裡面書裝太多，常常忘記

代誌，啊就上個禮拜天，我們一起去五分埔啊……

美　眞：大姊，拜託……那天是我陪妳逛到兩腳發軟都找
　　　　不到你的Size，好不容易才找到這套，我看妳很
　　　　高興，問我說：這ㄙㄨ好看否？我當然說「不ㄞ
　　　　看」，後來決定的是妳自己，怎麼說我挑的？（美
　　　　女楞了一下，美眞好像也察覺自己的毛躁吧，語氣
　　　　軟下來）不過，衣服是看誰在穿，還有看的人是誰
　　　　啦……

美　女：妳這樣講是眞的呢，像妳穿這樣的套裝很好看，很
　　　　有氣質，要是我也穿這個，我跟妳說，一定有人以
　　　　爲我是在禮儀公司做事……再鞠躬、三鞠躬、家屬
　　　　答謝……（忽然想到什麼，啊了一聲打自己一下嘴
　　　　吧）我怎麼可以這樣開玩笑……妳回來之前阿美阿
　　　　姑打電話來呢，說阿美姑丈過世了……

美　眞：她是誰？

美　女：妳說阿美姑丈哦？啊就阿美阿姑伊先生啊！

美　眞：妳這不是廢話！我是說清水那些親戚好複雜，我永
　　　　遠搞不清楚誰是誰。

美　女：哪會啊，爸爸總共才五個兄弟姊妹，剛好中、美、
　　　　英、法、蘇聯合國五個常任理事國。以前考試這題
　　　　我免想就會寫。

美　眞：什麼意思？

美　女：啊爸爸叫阿忠對否？攑來是阿美阿姑、阿英阿姑、
　　　　阿發阿叔、阿娥阿姑。

美　眞：那跟中美英法蘇的蘇有什麼關係？

美　女：蘇俄啊，台語讀作蘇娥，阿娥阿姑。

美　眞：所以呢？

美　女：阿姑說，日子看好之後，會跟我們說……阿姑說，
　　　　姑丈其實生病生很久了，說我們在台北很忙，所以
　　　　一直沒跟我們說……阿姑一直講一直哭……

美　眞：我眞的不記得她的樣子……只記得每次回去，就一
　　　　大堆人圍過來，講同樣的話，問一些不該問的問題
　　　　……妳一個月現在賺多少錢？這麼多歲了爲什麼還
　　　　不嫁人……誰的孩子高職畢業了，可不可以幫他找
　　　　工作……

美　女：我知道啦，所以，之前清水那邊很多事情，我都沒
　　　　有讓妳知道，我都自己回去，因爲我比較沒有這種
　　　　困擾……不過，這一次，不一樣，最好我們還是一
　　　　起回去……因爲阿美阿姑沒有小孩，啊妳又是她的
　　　　乾女兒。

美　眞：那不是小時候的事嗎？

美　女：（有點嚴肅起來）阿眞，那是一輩子的事。

美　眞：（比較收斂一點，語氣稍緩）那我不是又要當主角
　　　　了？就跟爸媽那時候一樣，披麻戴孝，然後跟著孝

　　　　女白瓊在棺材四周爬來爬去、哭來哭去，然後讓四
　　　　周那些歐巴桑來批評我們的演技？

美　女：不會啦，阿姑和姑丈吃素，他們辦的是佛教的葬禮。

美　眞：我眞的搞不懂以前的人爲什麼要玩這種乾爸乾媽乾
　　　　女兒的遊戲，這到底有什麼意義？

美　女：就是一種情分嘛……小時候，爸爸媽媽若無閒的時
　　　　陣，咱兩個攏是阿姑跟姑丈給咱顧……了後他們攏
　　　　沒生，姑丈就跟爸爸說，我們兩個給他一個當乾女
　　　　兒，說以後起碼有人可以替伊哭路頭……爸爸就說
　　　　美眞好啦，美眞驚讀書，以後姑丈可以逗栽培……

美　眞：你怎麼知道那麼多？

美　女：沒啊，有時候回去清水找阿姑，聽阿姑碎碎唸知道
　　　　的……我記得有一次回去，阿姑在煮東西要給我
　　　　吃，我忽然想起小時候阿姑教我們的童謠，我就在
　　　　灶腳唸給阿姑聽，說……八月十五夜，月仔光呀
　　　　呀，賊仔偷溜壁，溜到雞蛋長，鴨蛋闊，偷牽牛港
　　　　十所隻……阿姑一面笑一面哭，還罵我說，自小漢
　　　　書不曉讀，歸頭殼都記這些有的沒的……

美　眞：我覺得，比起我，妳好像更像她的乾女兒……

美　女：沒有啦……不知道是已經沒有媽媽了還是怎樣，有
　　　　時候我還眞的把她當成媽媽。可是，姑丈眞的是把
　　　　妳當成自己的女兒看，我記得妳要出國的時候，他

　　　　還去招了一個會，說阮美眞仔要去美國讀書啦，尙
　　　　少也要給她幾千塊美金放在身軀邊……

美　眞：姊，妳講這麼一大堆，意思就是如果我沒有回去，
　　　　就是對不起人家就對了。

美　女：……（有點不想再講，也有一點情緒。）

美　眞：那這樣好不好，萬一走不開，我禮到人不到行不
　　　　行？鄉下人喜歡的那些罐頭塔、孝女白瓊的錢我
　　　　出，還有姑丈當初給我多少美金，我包一個同樣的
　　　　白包，這樣可不可以？

美　女：我不知道，不過我沒聽過有女兒包白包給自己爸爸
　　　　的。

美　眞：（停了一下，暴躁）妳到底要我怎樣？爲什麼我都
　　　　要活在別人的要求下？爲什麼我一定要配合人家去
　　　　做一些沒有意義的事情？爲什麼不讓我把這些時間
　　　　去做一些眞正有意義的事？你們實在太奇怪了！用
　　　　十八世紀的腦袋過二十一世紀的生活，自己不進
　　　　步，還要別人跟著你們落伍！Shit！

美眞嚷完，拎著包包和電腦離開，美女看著她楞楞地站在原
地，燈漸暗，收音機的聲音慢慢出現，一樣的月光的歌聲。

燈漸亮，昏黃色調的光區，四方形古式的飯桌，國中的美眞和美女都趴在桌上睡打瞌睡，一桌子的書、作業簿和文具，一個手提收錄音機放在桌上。

美女直接趴在作業簿上，美眞則用半本書遮著半邊臉。

爸　爸：（畫外音，大聲）美女啊，妳在衝啥？（兩人驚醒）妳看妳小妹，人愛睏到安呢啊，冊攔放在面頭前不甘放！啊妳是讀書讀到睏去！妳若不讀不要緊，包袱款款咧去工廠上班我嘛通省一條註冊錢，啊後擺自己卡認分幾咧，給妳妹妹提皮包仔，煮飯、洗衫、拚內面！

媽　媽：（在兩人勉強又開始寫作業之後傳來畫外音）美女啊，妳老爸身軀洗好了，衫仔褲提去洗洗咧！自己卡認分咧，不通萬項都要人大聲叫大聲喊！

美女無奈離開,美真看她一眼,站起來,好像想去幫忙,美女要她坐下。

媽　　媽:美真妳衝啥?你字甘寫好了?

美真坐下,伸手把收音機的聲音轉大一點,低頭看書,聲音延續。

燈漸暗

美女的臥室燈漸亮，美女坐在床邊，美真坐在餐桌旁，兩個人都好像在想事情。情緒延續了一下子，屋裡電話擾人地響起，兩人都如從夢中醒來一樣，從臥室走出來，收音機聲音收，客廳燈亮。兩個人前後出來接電話。

美　眞：Hello……hello，喂，你講國語我聽得懂……哦。我不是，你等一下……妳的。

美　女：（接過電話）喂，我是……是哦，謝謝、謝謝，啊那個歐吉桑有沒有錄取？眞的哦！謝謝、謝謝！眞的替他高興！好……好……我知道，好，再見！

（放下電話，跟原本要上去，但停下來聽美女講話的美眞說）我錄取了呢！（過去用力抱住美眞）我這ㄕㄨ衫沒白買！啊那個跟爸爸一樣老的歐吉桑也錄取了呢！這樣我們的房貸就不用擔心了！啊他兒子也免驚無錢通讀書……（看美眞有點低落）妳怎樣？

美　眞：剛才，對不起啦。

美　女：妳三八哦？妳是在講什麼。妳們那個外國公司比較競爭，請假也比較難我知道啦，如果妳不能回清水，我會替妳燒香跟姑丈說，阿姑也一定會了解。

美　眞：謝謝。（往裡頭走，停了一下回頭）姊……妳應徵的這家公司有點怪怪的，妳要注意一點。

美　女：怎麼說？

美　眞：看起來……他們好像什麼人都不挑都錄取……

美　女：哦……我也沒那麼傻啦……騙財我沒有，騙色……
　　　　我還巴不得！

美女看美眞走開之後，自己才非常非常開心地手舞足蹈起來，
看到沒吃完的蛋糕，切下一大塊，看著，自己問自己似地說：
敢通？然後自己又告訴自己說：啊歡喜就好啦，湊湊伊啊！
大口地吃起來。

燈漸暗
音樂起

一個光區的燈亮起來，是有點抽象的靈
堂，簡單的橫桌上，有遺像、香爐。一
個穿著黑色袍子的老太太正在點香，然
後我們看到美女快步進來，抱著老太
太，老太太指指遺像，好像要她不能
哭。然後美女接過香朝遺像祭拜，好像
跟遺像講很多話。

美　女：（低聲）姑丈，我是美女。我
　　　　真不孝呢……你人不好的時
　　　　陣，攏無來給你看……一直到
　　　　你做神這天才來……你的客查
　　　　某子美真，嘛真不甘你離開，
　　　　這陣子，若想到你早時疼惜阮
　　　　的情景，伊就目屎流、目屎滴
　　　　……（燈光漸暗，旁白繼續）
　　　　不過，伊現在做真大，今日公
　　　　司剛好有大代誌……

另一個光區燈亮，有設計感的沙發、茶几。

美　女：不當返來送你出門，不過伊有交代我在你的靈前跟
　　　　你道歉，我知道姑丈你最惜的就是伊，無論安怎，
　　　　姑丈一定要保庇，保庇伊未來平安，會當嫁好翁、
　　　　生好子……幸福、順遂……

美真橫躺在領帶已經鬆開的洋經理的腿上，看著洋經理，有時還摸摸他的臉頰，洋經理則心不在焉地，拿著遙控器不時更換頻道的樣子。然後洋經理想起什麼似的，離開位子，從黑暗中走進來時，手上有一個資料夾，拿給美真看，美真好像翻到那個應徵美女的資料，不高興地拿給洋經理看。

美　　真：我不喜歡這個廉價的妞！
洋經理：我知道妳不喜歡，但公司需要這樣的人！她有潛力！
美　　真：我看是你喜歡吧？喜歡她的臉孔和身材！

美真想撕掉那個檔案，洋經理抓著她的手，兩人賭氣地掙扎，最後我們聽到美真說：「Fuck you！」

燈漸暗

管理員

那個怪胎，一輩子心甘情願待在那個角落，
不想往前走，什麼都不做，
天天讓收音機的聲音麻痺自己……

管理員的位置，他依然拿了一把大茶壺在泡麵。

一位大樓住戶從樓梯上走下來。

穿著清潔公司制服下班回來的美女匆匆進來，手上拎著環保購物袋。

管理員：美女，有掛號信哦。

美　女：（看了一下信件，情緒停了一下）啊，阮小妹敢回來了？

管理員：還沒看到呢。

美　女：那還好……我怕她回來沒飯吃。

管理員：那她之前是怎麼活過來的？

美　女：跟你一樣啊，不是便當就是泡麵……

管理員：她不是從小就很會念書，不會拿一本書來讀一讀，學煮飯煮菜？

美　女：你不要一講到她就那麼衝啦，她有去學啦。

管理員：結果呢？

美　女：會煮法國菜，啊不會煎魚仔炒青菜。……今天這裡怎麼好像哪裡不對？

管理員：收音機啦。

美　女：對哦……啊收音機呢？

管理員：被偷了。

美　女：啥？你顧門顧到自己的收音機被偷，哇，啊我們以後睡覺是不是要用鐵鍊把自己鎖在眠床頂？

管理員：妳這麼大隻免驚啦！（美女作勢要打他）那天我肚子不好，多跑了幾次廁所一回來，收音機不見了，他媽的，抽屜裡的皮夾也不見了……

美　女：啊你有沒有報警？

管理員：我去報警？你是要我去給警察虧還是給公司殺頭……（拿筷子在胳肢窩擦擦，準備吃麵）

美　女：不要吃這個啦，這個吃太多以後死了不爛！（從環
　　　　保袋裡拿出一盒東西）這個請你！

管理員：（打開）哇，Nigili壽司！你撿到錢哦？

美　女：沒啦，我有一次看日劇，有一個鄉下到東京做事的
　　　　女孩，一直都很孤單、很辛苦，直到有一天，她終
　　　　於被公司重用，很多人跟她說恭喜，那天晚上，她
　　　　買了一盒壽司，回到家裡自己吃，自己慶祝，然後
　　　　自己跟自己說：要繼續加油哦！（日語）……看到
　　　　我眼淚流得比她還多，那時候我就想說，哪天，我
　　　　要是跟她有同樣的心情，我也要買壽司來吃！

管理員：啊妳是什麼故事？講講看，看我會不會流眼淚？

美　女：（有點害羞）我升組長了。

管理員：（誇張地飲泣，美女打他）我是替自己哭不行哦，
　　　　我這輩子不要說什麼長，連戶長都沒當過。

美　女：啊不然你家誰當戶長？

管理員：我前妻啊。她說房子是她的當然她當。

美　女：你離婚了哦？

管理員：妳不知道哦？啊，我忘了開記者會！

忽然，兩個人有點尷尬，美眞進來，看到兩人詭異的神情。

美　女：（轉移尷尬跟美眞說）美眞，今天我們吃好料的！

兩人離開，美眞回頭冷冷看著管理員。

管理員：美女，恭喜喔！ 繼續加油！（日語，然後拿起筷子
　　　　開始吃東西）

燈暗

暗場中我們聽見鑰匙開門的聲音。

美　眞：姊，剛剛那個怪胎跟妳恭喜什麼？

燈亮

姊妹開門進來。

美　女：沒啦，啊就見面亂哈拉，我跟他說我升組長……
　　　　（一邊擺吃的東西）
美　眞：眞的啊？薪水加多少？
美　女：沒說ㄟ。

美　眞：啊？妳們是什麼公司啊？加責任不加薪水，那誰肯
　　　　認眞地去負這個責任？

美　女：啊，妳不懂啦！

美　眞：（有點誇張地看向美女）我不懂？

美　女：我是說……不是錢的問題啦。今天，我們那個俊男
　　　　經理把我們集合起來，說：最近新來的人多，少一
　　　　個組長，不過他說要我們自己選，因為我們都是一
　　　　組一組在外面工作，這個組長如果大家不服的話，
　　　　工作起來反而不爽，結果……他們都選我。後來，
　　　　經理還跟我鞠躬說：美女，那就拜託妳了哦！我差
　　　　一點就哭出來。

美　眞：姊，妳眞的很好騙ㄟ！難怪台灣選舉的時候，每個
　　　　人只要一直說拜託拜託就有票。

美　女：只要有人肯讚美我，我就很爽，有人信任我的話，
　　　　更爽！（拿東西給美眞）就算是被騙，我也甘願，
　　　　哈哈哈，來啦，趁鮮，快吃。

美眞看到桌上的信，拿出來看。

美　女：（搶過來）沒妳的代誌啦。銀行哦，都這樣，叫妳
　　　　借錢用好嘴的，叫妳交錢，用恐嚇的……這我會處
　　　　理啦。

美　眞：姊……

美　女：什麼？

美　眞：之前……我說會給妳房租，可是好像一直沒給妳……
　　　　連水電也沒跟妳分攤。

美　女：妳神經病哦？講這個。

美　眞：不講，我怕妳以為我之前講假的。其實，我常常在
　　　　想，現在套在股票裡的那些錢如果賺回來的話，我
　　　　會替妳做什麼……第一，我會幫妳把房貸付掉，讓
　　　　妳輕鬆一點……妳好像從十幾歲就一直做這個做那
　　　　個做到現在……

美女好像被感動了，笑笑地，伸手摸摸美眞的頭。

美　眞：還有，帶妳去買一些好看又有質感的衣服……

美　女：那妳不如先帶我去減肥兼美容卡實在……

美　眞：我是說眞的……這樣妳下班的話，就可以先把妳們
　　　　這個制服脫下來，衣服一穿，名牌包包一帶，誰知
　　　　道妳是做什麼的？就不用穿著這個坐捷運、滿街
　　　　跑，讓所有人都知道妳是在清潔公司做事……

美　女：（聽懂意思，有點被打擊地）哦……

美　眞：剛剛進門的時候，看到妳穿這樣，跟那個穿保全制
　　　　服的怪咖在那裡有說有笑，我忽然覺得好難過……

覺得人為什麼可以這麼不爭氣，好像只要被披上一層皮，自己就甘心待在那樣的階層裡，不管是誰，是什麼年紀，慢慢地就都全是一種氣質，一種樣子……（美女不講話，美眞繼續說，燈漸漸暗，舞台慢慢轉向管理員那邊，月光的音樂淡淡響起）妳不覺得嗎？那個人就是那樣！一輩子好像就心甘情願待在那個角落，不想往前走，什麼都不做，天天讓收音機的聲音麻痺自己……「沒有人完美，我們只有九九點七。」……沒有人完美是眞的，但，他有九九點七啊……Shit！妳知道每次看到他，我都想到什麼……想到以前鄉下，常常窩在又濕又暗的角落，那種肥肥的、動也不動、全身長滿噁心的疙瘩的「蟾蜍」（台語）……

音樂拉大，是收音機的聲音，月光。

配合美眞的對白速度，轉到閉著眼，整個人彷彿陷入癡迷狀態的管理員，這是另一天。

下班的美女一樣穿著制服回來，看著發呆的管理員，音樂結束，收音機說：沒有人完美，我們只有九九點七……音樂又起，管理員這才發現美女站在面前。

美　女：攔有影有一點像……

管理員：像什麼？

美　女：沒啦，你又買收音機了？

管理員：對啊……每天杵在這裡，不珍不動，什麼都不能
　　　　做，若沒音樂讓自己的腦袋有一點想像，有一點安
　　　　慰的話，我早慢會變成那鄉下哦……嘿廟口的石
　　　　獅。

美　女：好家在，你沒講是鄉下的蟾蜍。

管理員：啥？

美　女：沒啦……剛剛那個音樂眞的很好聽。

管理員：連妳也這樣覺得哦，莫怪很多女人聽到連失身都攏
　　　　不知。

美　女：失你去死啦！

管理員：我說眞的，我大學的時候，有一個讀音樂系的朋友
　　　　……大三那年，去煞到別系的美女，我說的是眞正
　　　　的美女，不是講妳……有一天那個美女在學校的餐
　　　　廳吃飯，他一時衝動，身邊的小提琴拿著，走去伊
　　　　的面頭前，剛剛那首曲子就給她一せ落……老實
　　　　講，其實一せ到哩哩落落，不過那個美女當下眼睛
　　　　含著熱淚，然後給我那個朋友一個深情的擁抱……
　　　　半個月之後，失身，半年之後兩個人結婚。

美　女：哇，好浪漫！

管理員：幹，好悽慘！

美　女：安怎講？

管理員：兩個都還沒畢業，美女又大肚子，兩邊的家長都不
　　　　理，怎麼辦？台灣學音樂的有什麼出路妳也知，我
　　　　那個朋友只好到處去打工，養太太養小孩……有一
　　　　次還跟其他同學抱怨說，學小提琴幹什麼，連那個
　　　　送葬的西索米都用不到……

美　女：對哦，西索米攏用吹的，沒在用一せ的，後來呢？

管理員：哦，妳很喜歡這種八點檔哦……後來他去做什麼，
　　　　妳知不知道？他去幫人家腳底按摩。

美　女：哪會差那麼多？

管理員：哪有差，同樣是指頭出力，而且穴道壓得比其他師
　　　　傅還準確……可是他老婆覺得那種工作實在不怎

樣，竟然小孩一帶，走了，我那個朋友從此天天喝
酒，喝到最後整隻手都會顫抖，別說小提琴，連腳
底按摩也不能做……

美　女：現在呢？

管理員：現在哦？我也不知道。（轉頭過去從拿泡麵，好像
　　　　也在躲避什麼情緒）要不是剛好聽到這首曲子，妳
　　　　又剛好問起，這個人，我好像已經忘記很久很久了
　　　　……（拿麵碗準備泡麵，轉話題）對了，妳前一陣
　　　　子下班不是都穿便服，今天怎麼又穿制服了……

美　女：謝謝哦，沒想到你還注意我穿什麼。之前，阮……
　　　　無啦，我有一個朋友跟我說，穿便服比較好，說不
　　　　然所有人都知道我是做什麼工作的……今天忽然覺
　　　　得……何必啊？我就是我啊，騙別人，其實還不是
　　　　在騙自己？你說對不對？

管理員：（看看她）嘛是有影啦！（然後兀自打開麵碗，一
　　　　陣奇怪的沉默）

美　女：常常吃這個不好吧？哪天，我應該煮個好料的請
　　　　你，說不定你會從此吃上癮！走了。

美女走人，管理員看看她的背影，慢慢回過身，低著頭沉默地
把配料包撕開放進碗裡，沖水進碗裡。

燈很慢的暗。收音機音樂拉高。

其實，美女在家裡也一樣在沖泡麵，沖完蓋好，傻傻地坐在那邊，手拿著抹布，無意識地擦著桌子。電話響，嚇了一跳。

美　女：喂……阿美阿姑！……我美女啦，妳連我的聲就聽不出來哦？美真的聲比我幼秀多了……伊不在啦，伊公司說現在台灣的生意歹做，慢慢要移到中國，所以伊常常去那邊……妳有收到哦……阿姑，嘿真正是美真寄的啦，我養自己都養不飽了，哪有這些錢？阿姑，妳歹勢啥？人美真說，那是查某子的心意，要給妳闌珊用的，啊伊啊沒閒可以回去看妳，妳現在攏自己一個，要用啥吃啥，伊也照顧不到……阿姑，妳攏不知哦，人伊攏給妳當作阮阿母在想呢……

阿姑，妳不要哮啦……每次跟妳講話，妳就哮，妳哮我也跟著妳哮……啊兩個人話也講不出來，電話錢攏去給電信公司白白賺去……妳身體有勇勇否？三頓就要照起工吃哦……嗯，一個人嘛是要煮，妳吃啥？泡麵？阿姑，那個不好啦，那個吃太多，後擺……後擺會營養不均……好啦，我會乖乖……啊，阿姑，妳也要乖乖勇勇哦……妳是美眞的媽媽，啊嘛是我的媽媽呢……妳要吃到百二歲，看我們兩個都出嫁哦……好，再見。

美女講完電話，呆站了一下，擦擦眼淚，走向桌邊，慢慢打開泡麵碗。

燈漸暗

第四場

清潔公司

咱既然穿公司的制服，就不能失公司的體面。人家上班的人有他們的能力，啊咱嘛有咱的專業，對否？千萬不能讓人家說，我們只要披上這一層皮，啊就沒志沒氣。

燈漸亮，五六個工作人員以及清潔工具陸續到位。其中之一就
是第一場出現的六十一歲的歐吉桑。有一個比較年輕的看到美
女拿的派工單過來，誇張地喊：統統有，立正！然後朝美女
敬禮，說：組長好！

美　女：（作勢打他）你是要讓我驚死哦！歹勢，先聽一下
　　　　美女囉唆一下。咱今日要做的這棟大樓是新標到
　　　　的。經理早上特別交代，絕對要頂真。還有，大樓
　　　　裡面很多是外國公司，咱既然穿公司的制服，就不
　　　　能失公司的體面。人家上班的人有他們的能力，啊
　　　　咱嘛有咱的專業，對否？千萬不能讓人家說，我們
　　　　只要披上這一層皮，啊就沒志沒氣，不管男的女
　　　　的，不管年紀，啊每個人就變成同款那個型，那個
　　　　氣質！（眾人說：是，了解！）
年　輕：組長，放心啦，人家日本A片的女演員連要搬之前
　　　　都嘛會跟觀眾說：我會加油的！
美　女：你看太多啦，莫怪那麼虛，我跟你說哦，歐吉桑稍
　　　　顧一下，太高太重的要給替手一下，知否？來！
　　　　（然後所有人一起圍成一圈，叫：加油！加油！加
　　　　油！忽然美女覺得怪，大家楞了一下，美女去打年
　　　　輕人）攏嘛你！被你講一下，我好像要帶你們去演
　　　　A片咧！

眾人也戲弄那年輕人，一邊移動，燈漸暗，音樂起。

外商辦公室的音效起。

外商公司的會議室。

新進的那個女職員正對著大家做簡報，白板上寫滿了英文的說明和圖案，洋經理和美真正聆聽。

吸塵器或者打蠟機的聲音響起，我們先看到美女和年輕人提著蠟桶進來趴在地上抹蠟，然後歐吉桑推著打蠟機進來，聲音掩蓋辦公室的聲音。

新職員講完之後，我們看到洋經理先鼓掌，其他人也跟著鼓掌，但美真沒動。

洋經理好像在詢問美真什麼。美真站起來，走向白板，好像在質疑什麼。

美女站起來要去蠟桶補蠟，剛好看到美真在講話。

美　女：（笑著看著妹妹那邊，然後湊到歐吉桑的耳邊）
　　　　喂，哪這麼剛好，咱去做阮妹妹的公司！那個啦，
　　　　那個正在跟美國人講話的就是我妹妹！

歐吉桑：（大聲，掩蓋機器）那個哦，啊平平同爸母，哪會
　　　　差那麼多！

美女想要扁他，這時，洋經理好像打斷美真講話，在跟她說明
什麼，美真聽了聽，忽然不悅地把手上的資料一甩，講了幾句
什麼出來，裡頭的人看向她，有一個職員跟了出來。
美真出來，和拿著工具的美女面對面。

美　女：美真……

美真看著美女，有點意外，稍停步。

美　眞：I quit！

美眞別過頭去往前走，追出來的職員喊了聲：Karen, come on!

洋經理：（也快步出來）Karen，你太情緒化了，妳根本不
　　　　想面對比妳優秀的人更優秀的Projects！（英文）
美　眞：（還是沒看美女）不理性的是你，OK？她比我優
　　　　秀的部分不是腦袋，是胸部！（中文）
洋經理：妳瘋了，我沒辦法跟瘋了的人討論事情，等妳冷靜
　　　　了再過來！

洋經理進去，跑出來的人安撫著美眞，美女要過來問什麼事的
樣子。職員看到她說：干妳什麼事？妳在看什麼？拜託，你們
先不要弄好不好？妳不覺得太吵了嗎？

歐吉桑關掉機器，看著美女和美眞。音樂轉稍大聲。美眞還是
沒看美女，職員邊講什麼邊帶美眞離開，美女看著她的背影站
著沒動，好一會兒才說：沒代誌，咱……做咱的事頭！

美女又趴下來打蠟，另一個也跟著做。
美女看歐吉桑在發呆，說：歐吉桑，你在衝啥？
歐吉桑這才又打開機器。

燈漸暗。音樂延續。

失竊

怎麼會沒有東西不見了？
我對住在臺灣這個爛地方的安全感不見了！
這還不夠多嗎？
我每個月付錢、每年繳稅養你們警察，
請問誰可以補償？
還有，請問怎麼補償？

是白天黃昏下班前的光線。試探似的敲門聲。

然後是兩個人低聲講話的聲音，好像在開鎖。

賊　頭：幹你娘你是會不會啦？

賊　乙：我當然嘛不會，那亂倫呢！

賊　頭：（打人的聲音）你娘咧，什麼時候你還給我應嘴應舌！

賊　乙：你賣亂啦……你亂我是要怎樣開？

賊　頭：你不是說樓下保全很會嗎啡，一個小時放三次，咱
　　　　等要三小時，也沒看到他放過一次！

賊　乙：我哪知他今天膀胱這麼有力！等到現在才去放。

賊　頭：這款時間我會顫呢，人都要下班了！

賊　乙：安啦，這兩個沒這麼準時回來啦，胖的差不多六七
　　　　點，瘦的擱卡沒一定！我注意好幾天了！

賊　頭：啊是會開否？我看你爸用踹的還比較快！

賊　乙：開了！（賊頭踹門的當下，賊乙剛好開了，所以賊
　　　　頭幾乎是摔進屋裡，賊乙關門，過來扶賊頭。）

賊　頭：（打賊乙）要開你不會講哦！（被扶坐在椅子上）
　　　　害你爸心臟差一點定去！先去倒一杯水來，你爸中
　　　　午的藥還沒吃！（賊乙進去找水，賊頭四處看看）
　　　　你娘咧，這間哪有什麼shiao通dim補？（裡頭好像

打破什麼的聲音，賊頭嚇一跳）你卡小利好否？你明知我心臟不好！（賊乙拿水出來，賊頭拿藥出來吃，賊乙四處看）

賊　頭：（打他）免看啦，你爸眼睛gio一下就知這間比咱卡散！

賊　乙：不會啦，我看那個瘦的穿插攏是名牌，攏足有水準咧！

賊　頭：名牌？你身軀這領什麼牌的？

賊　乙：Armani啊。

賊　頭：啊我的呢？

賊　乙：嘛Armani啊！

賊　頭：（打賊乙）啊咱敢就好野人？

賊　乙：不同啊，人的穿插是自己買的，咱的是跟人家拿的啊！

賊　頭：好啦，緊去尋看有啥沒，若沒緊走，這款時間我實在有夠驚！（賊乙往房間跑去）你眼睛睜亮一點哦，有路用的才拿哦！不通像上次，幹你娘，拖一個破收音機還歸路ㄏㄞ，做賊子報給歸街仔路人知！

賊　乙：我哪知插頭拔掉了伊還會響！

賊　頭：啊你不知收音機裡面有一種東西叫做乾電池哦！幹，又拿個皮包仔，裡面只有三百塊、悠遊卡跟一張大樂透，又是那種連一個號碼都沒中的！

賊　乙：大的，Bingo！

賊　頭：啥米好康的？

賊　乙：五百六十萬！我就跟你說，瘦的這個顛倒卡有肉！

賊　頭：你哪知那是瘦的？

賊　乙：看房間內內衫的Size嘛知！眞的五百六十萬ㄟ！

賊　頭：現金哦？

賊　乙：不是，存款簿！

賊　頭：好啊啦，出來！

賊　乙：等一下，我在找印章呢！

賊　頭：出來啦！

賊　乙：（出來，拿著存款簿表功）你看，五百六十幾萬呢！

賊　頭：（打他）你這款的，一看就是菜鳥啦！找到印仔是
　　　　安怎？你要去銀行領哦？啊讓歸台灣的人在電視上

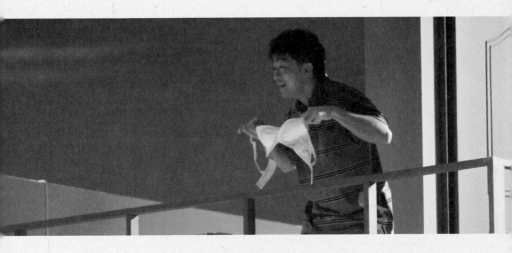

面看到你這個賊仔面哦……（看看四周）這間沒效
啦，切切來走！我人足艱苦耶……（賊乙過來看
他）

賊　乙：敢有要緊？

賊　頭：囉唆啦，你褲去脫脫咧……

賊　乙：衝啥？

賊　頭：找個所在放一bu仔屎……拿沒東西聽說要放一bu屎
　　　　咱卡不會衰。

賊　乙：我……有人在邊仔，我放不出來啦。

賊　頭：找一個看不到我的地方放放咧不會哦……

賊乙找到椅子後，開始脫褲子，賊頭好像很不舒服，又拿藥出來，拿水正要配，外面美女聲音說：門哪ㄟ沒鎖？美女進來，美真跟在後面，賊頭水都噴出來。

美　女：你是誰？（椅子後賊乙抓褲子站起來，也楞住）你沒見笑，你跑進來我家做什麼？（說話的同時，撲向賊頭，用手上的包包甩上他的臉，然後一陣踢打，美真躲出門外，抓著門看著發展，賊乙過來拉住美女，叫：歹勢啦，歹勢啦，妳不要打他啦！然後，我們看到賊頭軟到地上）你不要給我假死，我跟你說……

美　女：伊是安怎？

賊　乙：伊有心臟病啦！

美　女：喂，喂，你不要給我死在這裡哦，我厝的貸款還沒

付完哦……（轉頭朝美眞）

眞，妳打119！

美　眞：姊，打110才對吧？

賊　乙：不要報警，我拜託妳，咱厝邊呢，阮做印刷的，隔
　　　　壁巷子而已……伊是阮頭家，伊被倒很多錢……我
　　　　們也沒有拿什麼，妳看，妳的存款簿還在這裡……
　　　　（拿給美女看，忽然跪下來）我拜託妳，原諒我們
　　　　一次，不要報警……

美　女：美眞，妳先打119……

美　眞：（打電話）我沒有妳那麼傻……110，我們家有強
　　　　盜進來，地址是景興路一段……

賊　乙：（大聲）我們不是強盜啦……我們怎麼會是強盜？
　　　　我們沒拿槍沒拿刀，也沒有蒙面……（懇求美女）
　　　　拜託，妳跟她講，我們不是強盜啦，強盜哪有這麼
　　　　lam的，哪有被妳打到昏昏死死去的？大的，你快
　　　　起來……小孩要放學了，你要去接呢……大的……

燈漸暗，歌聲起。

是第五場過後的一段時間，美真在房間很不情願地整理被小偷
搞亂的東西。一個警察好像跟美女做完筆錄。管理員陪在一
邊。

警　察：都確認了喔？那麻煩妳在這裡簽個名。（美女簽）
　　　　耶，妳好像也太猛了吧？一個人拚他們兩個，還把
　　　　一個打到送急診！

美　女：拜託，是他自己有心臟病，別把我說到那麼惡，我
　　　　還要給人家探聽咧！不過，老實講，他們兩個加起
　　　　來都還沒有我一個大，我怕什麼？以前讀書的時
　　　　候，四個男生掀我妹妹的裙子，我照樣一個人追著
　　　　他們打，他們被我打到躲進校長室，我照樣衝進去
　　　　打到他們鼻血雙管倒！（樓上的美真不屑的神情）
　　　　對啦，啊那個人有沒有怎樣？

警　察：應該沒事，我同事說，他們不是慣竊，就一時缺
　　　　錢，附近做了一兩次，好像也沒撈到什麼。

美　女：這種事情，最好不要讓他小孩子知道，不然小孩會
　　　　一輩子自卑……我以前就碰過類似的事……

美　真：姊，妳夠了沒？妳一定要把以前的事一樣一樣翻出
　　　　來嗎？（東西一丟往下走）

警　察：好吧，如果確定沒有什麼東西不見了，那我回去了。

美　女：沒有啦，我家如果有什麼價值的東西，先拿去賣的
　　　　應該是我。

美　眞：（一聽，東西一丟，怒氣沖沖下來）怎麼會沒有東
　　　　西不見了？我對你們這些警察、還有對你（指管理
　　　　員）的信任不見了，對住在臺灣這個爛地方的安全
　　　　感不見了！這還不夠多嗎？我每個月付錢、每年繳
　　　　稅養你們，請問誰可以補償？還有，請問怎麼補
　　　　償？

警　察：對不起啦，小姐，以後我們會加強巡邏……這次，
　　　　我代表所有同事跟你們道歉！

警察行禮，美女過去拍拍他，之後朝門口走去，管理員稍猶
豫，看到美女暗示之後也跟著警察走，美女關門，走回來之
後，走到廚台。

美　女：（美眞沒回答警察，美女也就不理她，兀自自己弄
　　　　東西，可能一失手，掉了一個盤子，碎了，打破沉
　　　　寂）我今天是去遇到鬼是否？

美　眞：姊，妳不用這樣！妳如果對我有懷疑、有意見、有
　　　　不滿，妳可以講出來沒關係，不必這樣折磨我。

美　女：妳是在講什麼？盤子破去我無甘都來不及了，我在
　　　　折磨妳什麼？

美　眞：騙誰？一個盤子而已，妳在無甘啥？

美　女：這個盤子是自咱小漢用到現在的呢。咱清水的厝要
　　　　被拍賣之前，阿姑講，叫我撿一些東西可以當紀念

……我看那些大項的，像神明桌、吃飯桌，咱用不
到，也沒位子可放，所以，我叫阿姑阿叔他們拿去
用。帶得走的就這幾個碗盤……我是想說，清水的
厝既然留不住，那些親戚以後嘛可能慢慢疏遠……
有這幾個碗仔盤仔，起碼給咱會記得早前的日子，
會記得清水，會記得咱還有故鄉……

美　眞：難怪妳會拿這些碗盤出氣。

美　女：（有一點毛了）美眞，我不知道是妳講話太藝術，
　　　　還是我神經大條，我眞正聽沒妳在講啥！

美　眞：姊，妳不要老是裝笨，然後把妳的弱勢當強
　　　　勢，OK？摔破盤子，再從盤子扯到清水的房子被
　　　　拍賣……我根本就知道妳煞落來要搬哪一齣的，妳
　　　　大概又會用無辜的表情告訴我說，清水的房子為
　　　　什麼會被拍賣，是因為爸爸拿去抵押借錢讓我去美
　　　　國，其實，我都記在心裡，OK？就像小時候，爸
　　　　爸媽媽常提醒我說，美眞，姊姊比較不會念書，長
　　　　大以後，照顧姊姊是妳的責任……等等，我一樣都
　　　　記在心裡……所以，既然妳看到了，我就跟妳說
　　　　吧，妳一定以為……我有五百多萬存款，為什麼連
　　　　房貸也沒替妳出……對不對？其實，存那些錢……
　　　　也不是光為我一個人，我都三十六，妳三十八了……
　　　　誰知道以後，我們是不是都要一個人過日子……理

財的事妳又不懂，要是我現在不準備……以後，我
怕我會對不起爸爸媽媽……

美　女：（很平靜）美真，可能是書讀卡多的人，頭殼都太
卡複雜，想卡遠……若我，我沒想那麼多。不知是
十六歲離開厝裡之後，我已經慣習只想下個月的代
誌，想說，有錢可以付房租嗎？有錢可以吃飯否？
有錢對人家買一件流行的衫仔來穿，讓哪一個帥哥
看咱一眼否……若這些錢都有夠，我就感覺滿足，
感覺快樂。啊嘛有可能是知道自己憨慢，沒法度替
別人負什麼責任，所以自己的日子傻傻過就好……
沒像妳那麼多負擔。既然從十六歲開始就可以活到
現在了，未來我有什麼可以怕的？所以，妳真正不
免替我想那麼多……

美　真：妳是我姊ㄟ，不替妳想的話，誰替妳想？我不替妳
想，人家會怎麼看我？怎麼說我？

美　女：妳心裡若真正還有這個阿姊，我就滿足啊……。今
天在妳們公司，我以為，妳有我這款的阿姊，跟咧
真見笑咧……

美　真：（低聲，有點心虛）拜託，妳要我怎麼說……妳自
己不能有自信一點嗎？

美　女：我當然嘛有自信……若不是妳同事跟我說：沒有妳
的事！靜靜，我真正想要去和那美國人冤家！

美　眞：妳又不知道我們在爭執什麼，妳憑什麼去跟
　　　　人家吵？

美　女：那個死美國仔，給妳大小聲，又捶椅捶桌，
　　　　我已經有夠不爽了，啊妳又講妳優秀的是腦
　　　　袋，不是胸部，我用猜的也知道他一定「挺
　　　　醒」哪一個大胸部的查某……

美　眞：妳又不會英文，妳跟人家吵什麼？

美　女：騙肖的，我就不相信用比的他看沒！我會衝
　　　　進去你們的會議室，說：（一邊比劃）死阿
　　　　都仔，你給我出來！你講誰的胸部大？叫伊
　　　　出來跟拎祖媽比看覓！（〈一樣的月光〉歌
　　　　聲淡入，什麼時候蛙鳴蟬聲……。美眞先是
　　　　笑，然後不出聲，美女再說話）敢在我面前
　　　　欺侮我小妹，眞正是跟伊耶穌借膽！

最後美女走向美眞，拍拍她，然後走向水槽，撿起破掉
的盤子，拼湊著，捨不得地看著，美眞看著她。

歌聲轉大。燈漸暗。

燈漸亮。有點昏黃的色彩，民國
七十二三年的記憶。

唱片行的角落，美女、美眞兩個人
背書包站在錄音帶架子前，隨著擴
音機聲音學蘇芮的姿勢唱著。

美眞拿起錄音帶看。

美　眞：妳有錢沒？（美女搖搖頭）。

美　眞：我好想買蘇芮這卷。

美　女：妳又沒錢……我也沒有。走了啦。

　　　　（美女拉美眞走，美眞看看左右，美女說：妳要衝
　　　　啥？美眞又走回去，看了看，偷拿一卷，美女呆
　　　　住，美眞才想跑，老闆大叫進來：妳們在衝啥？美
　　　　眞手上的錄音帶丟向美女腳邊。）

老　闆：做賊仔哦？我注意妳們很久了呢！（撿起地上的錄
　　　　音帶）這誰偷拿的？這誰偷拿的？不講哦，不講我
　　　　就兩個都報到學校去！（看看姊妹兩個，然後面對
　　　　美女）是妳哦，我一看也知道是妳！不承認是否？
　　　　（拉兩人）不承認我兩個都把妳們帶來派出所！
　　　　走！走啦！（美女不知所措，忽然慢慢跪下來，燈
　　　　漸暗。）老闆仍罵說：跪我幹什麼？我還沒死，妳

88

是要給我跪衰的？妳誰的女兒……

燈漸暗

轉場，歌聲中有父親一邊打小孩一邊罵人的聲音。

父　親：（畫外音）沒見笑，妳沒見笑！書不會讀，擱給我去做賊婆！自己不見笑不要緊，連別人也要拖落水！兩個姊妹去站在司令台乎眾人笑、眾人看！現在出名了喔？連我跟妳老母也乎你帝陰到，講妳怎麼會這麼厲害，生女兒去做賊婆！

歌聲延續，
稍微拉大聲，燈漸亮。
姊妹兩個人都已經上床，
只有臥室的微光。

兩個人好像都在回憶中。
燈漸暗。歌聲延續。

第六場

意外的禮物

我真的決定以身相許……不要誤會，
我是想以聲音的聲相許！

是生日聚會的尾聲，
客廳裡聚集了美女的同事，大家正在逗管理員。
生日蛋糕已經切過了，桌上杯盤狼籍。

同事甲：人講慢來的罰三杯，你連喝都沒喝，一直吃菜！

同事乙：就是說，看你的肚子也知道海量！

美　　女：別這樣啦，伊慢來也不是故意的，要等交班！讓他
　　　　　先吃點東西再叫他喝啦！

同事乙：就是要讓他空腹喝不才卡緊醉，若醉，失身卡自
　　　　　然，啊組長妳就真正生日快樂囉！（眾人嘩然，美
　　　　　女去打他。）

美　　女：死小孩，你以為我攏沒撿吃哦？

管理員：就是，啊你以為我那麼容易被設計哦？你們都不知
　　　　　道，你組長設計要煮好料的給我吃，要讓我上癮，
　　　　　我忍多久了，至少要讓我先吃一點吧！

同事甲：都幾歲的人，還那麼「必書」，樓上樓下而已，要
　　　　　吃隨時喊一聲也可以吃，還要看日子等到組長生
　　　　　日！

美　　女：你不知啦，伊跟我妹妹不知沖犯到什麼，兩個人若
　　　　　相遇，就跟西部片要決鬥一樣，你瞪我我瞪你，手
　　　　　槍好像隨時要掏出來彈同款。若不是我妹出國出

差，今天我也不敢找他來！

同事甲：啥款？阮組長手路讚哦？

管理員：讚！這比嗎啡卡厲害，吃一口就上癮了！我看以後拔不離。不過，我是臨時被通知的，也沒準備生日禮物，吃得有一點不好意思……

同事乙：別客氣啦，我就講過了啊，吃飽喝乎醉，我們來走，然後你以身相許……（話沒講完，眾人又是一陣捶打）

管理員：他沒講錯，他沒講錯，我真的決定以身相許……（美女打他）不要誤會，我是想用「聲音」，以聲音的「聲」相許！

美　女：啊怎樣，你是要唱情歌給我聽哦？

管理員：差不多啦，不過，我的聲音沒有他的好聽！（然後走過去從客廳小桌拿提琴盒過來）

同事乙：這啥？剛剛你拿進門放在哪裡，我以為是你們保全公司配給你們的隨身武器咧！

管理員打開拿出提琴，眾人嘩然。

同事甲：啊？Violin哦？你會せ這個哦？真正是黑干仔裝
　　　　醬油！無底看。
管理員：別這樣講啦，你的意思是我拖出來的若是二胡，那
　　　　個弦仔，才卡合我這個臉哦？拜託，平平攏嘛是樂
　　　　器而已，只是這外國人先用的而已！壽星請上座！

眾人擁美女上座，要她優雅一點，要她像淑女一樣行彎腰禮，
管理員也行禮，才要開始拉，美真開門進來，眾人一陣安靜。

美　女：啊，哪會這麼剛好，妳剛好回來？妳吃飽沒？
美　真：（看看大家，同事乙還跟她說Hello）飛機上吃了……
　　　　（看看管理員手上的小提琴）你們幹嘛？
美　女：沒啦，我今天生日，啊他們大家……
美　真：生日？妳怎麼沒跟我說？還是寧願趁我不在跟他們
　　　　一起過？（一陣尷尬）
美　女：沒啦，我也不曾做過生日啊……是大家找機會來亂
　　　　的啦……
同事乙：一起啦，剛好有人要以「聲」相許呢。
美　真：你們玩吧，我好累。

眾人看美真上去,尷尬依舊,

同事乙率先鼓掌之後,管理員拉起〈月光〉。

燈光慢慢轉換,樓下燈漸暗,

美真房間的燈亮著,美真有點出神地聽著。

小提琴轉換成鋼琴曲,美真房間燈暗。

美女房間燈微亮,管理員和美女進房間,美女關門。

管理員:妳不怕?

美　女:你以為我還十八歲?

管理員:我是說……妳妹妹。

美　女:小聲一點就好……

管理員:(去按按床鋪)我們兩個……夠堅固吧?(美女打
　　　　他,兩人相擁)

管理員:我就跟妳說過,這條曲若一**乜**落去,很多美女都
　　　　會失身。

美女房間燈漸暗,音樂拉大,美真房間燈微微亮起,美真坐在
床鋪旁,看向美女房間方向,忽然那邊傳來美女很大聲的呻
吟。管理員說:小聲一點。隔一下子,美女又呻吟了一聲。美
真關掉電燈。

第七場

幸福的起點

你知不知道,自己煮的菜,
看一個男人吃得那麼開心,
是一種幸福?

音樂慢慢低，愛樂電台的台呼：沒有人完美，我們只有九九點
七。播音員聲音及音樂鋪場。

燈亮

管理員正在翻報紙翻雜誌，外面傳來咒罵聲：幹你娘，你不會
卡出力咧哦！

賊　乙：你這樣會害我亂倫加暴力啦！

賊　頭：我擋不住了啦，你還應嘴應舌。

管理員站起來，看到賊頭和賊乙搬了一個沙發進來。

賊　　乙：（朝管理員，掏送貨單）歹勢，六樓宋先生叫我們
　　　　　送家具來！

管理員：新搬來那家嗎？

賊　頭：是啦。一次跟我交關不少，（遞名片）永豐家具
　　　　行，新開業，在附近而已，若有機會拜託你加減介
　　　　紹一下，謝謝！

管理員：你哪跟咧面熟面熟？

賊　頭：我哦，可能是大眾臉，大眾緣啦……嘿（指名片）
　　　　才多多拜託，謝謝！

賊　乙：（兩人把東西搬到電梯）跟你做伙有夠衰，你這款

面，看一擺要忘記很難。

賊　頭：你現在是在給你爸糟蹋還是**亡**樂，你最好給我說清
　　　　楚……

電梯門開，出來的是端著食物的美女，和賊頭兩人都同時大
叫。

美　女：你還敢來，你給天借膽哦你！

賊　乙：（攔住美女）誤會啦，誤會啦！

賊　頭：你不要動手哦，我現在裡面裝好幾條管，哪弄歹去
　　　　很麻煩！

賊　乙：我們來送家具的啦！

賊　頭：我們跟以前不一樣啦，以前是拿出去，現在是搬入
　　　　來啦……

過程中，賊乙慢慢把家具移入電梯。

管理員：難怪！我以為說，怎麼那麼面熟！

賊　頭：（朝美女）歹勢啦，上次，讓妳受驚了。（又遞名
　　　　片）以後，萬事拜託！（賊頭進電梯）

美　女：（看著電梯門關，賊頭一直行禮直到門關）不錯，
　　　　算古意，還知道歹勢……吃飯啦。

管理員：（翻開飯菜）感動！有人讓妳受驚乎妳打，有人讓
　　　　妳受驚……有飯可吃！

美　　女：（打他）你去死啦……是我妹忽然打電話回來說，
　　　　她不回來吃，才有你的份我跟你說。緊啦，趁熱。

管理員：妳妹又出國了？

美　　女：沒講呢，幹嘛？（管理員有點曖昧的眼神瞧她，美
　　　　女笑罵）你好淫蕩！

管理員：互相啦，相濡以沫嘛。

美　　女：什麼意思？

管理員：沒啦。

美　　女：好不好吃？

管理員：妳說妳，還是菜？

美　　女：你卡正經一點好不好？

管理員：我說正經的啊，都好吃。

美　　女：你知不知道，自己煮的菜，看一個男人吃得那麼開
　　　　心，是一種幸福？

管理員：一個女人可以煮出這麼好吃的菜，而且只煮給一個
　　　　男人吃，對男人來說，是超級幸福。（兩人默默）
　　　　對了，妳妹妹最近是不是去過慈濟還是法鼓山？

美　　女：伊無閒ㄍㄚ，哪有可能？

管理員：那就奇怪了……最近還會看我一眼跟我打招呼，前
　　　　一次出國回來，還給我幾個巧克力……雖然可能是

　　　她不想吃或者吃剩的。

美　女：你怎麼知道？

管理員：啊包裝紙上面寫的是航空公司的名字啊，我也懂英
　　　　文好不好？（美眞抱著一個大紙箱，裝滿辦公室雜
　　　　物進來，看到宛如情侶的兩人）

美　女：美眞……這什麼？（想幫忙接）

美　眞：不用啦。（美眞走向電梯，美女看一眼管理員，跑
　　　　去按電梯）

燈暗

隱忍的怒

從小到大我被期待要乖、成績要比別人好、成就要比別人高……
所以要壓抑自己，所以身邊都是對手、都是敵人沒有朋友……到最
後，別人滿足了，而我得到什麼？

茶几上放著那個紙箱，美眞坐在沙發上，美女端杯水給美眞喝，美女靜靜看她。

美　眞：我辭職了。

美　女：辭職？你哪現在在辭職？時機這麼歹，頭路這麼難找……

美　眞：我是尊嚴問題，不是生存問題，我們想的不一樣，妳懂嗎？（美女沉默）而且，我也不想過這種老是為了滿足別人期待的日子了。從小到大被期待要乖、成績要比別人好、成就要比別人高……要乖，所以要壓抑自己，什麼都不敢嘗試……成績要好，成就要高，所以身邊都是對手、都是敵人沒有朋友……到最後，別人滿足了，而我得到什麼？在公司這麼多年，拚死拚活、忍受那些老外高高在上的姿態，結果……只要一個新鮮的身體就可以否定掉妳所有的資歷，而且還嫌妳老，只要一個三圍數字就可以否定妳所有業績，而且還嫌妳沒有突破……如果妳是我，這樣的日子妳還想過下去嗎？

美　女：我是不了解妳的辛苦啦……不過，妳以後呢？

美　眞：以後，我發誓絕對要讓他們後悔，Trust me.

美　女：You can make it！啊咱來吃飯好否？

106

美　眞：（失控大叫）姊！（美女呆住）我在跟妳說很嚴肅
　　　　的事，是跟妳我的「未來」有關的事ㄟ！

美　女：ㄞ勢啦，以前被殺頭或是遇到ㄞ頭家自己辭……攏
　　　　是常常的代誌……有時候，我也會罵一罵，說：以
　　　　後路上不要被我堵到……然後哭一哭，飯吃一吃，
　　　　放忘記，就繼續去找頭路……我不知道妳是在講正
　　　　經的……

美　眞：（稍微平靜下來）我想去大陸拚一下。

美　女：啊妳不是常常去？

美　眞：以前去，是爲了別人。這回，是爲我們自己。他們
　　　　在大陸所有的關係、人脈和商業通路都是我跑下來
　　　　的，我比他們誰都熟……去那裡發展，至少比在這裡
　　　　有把握，只是……我的錢不太夠……這間房子……
　　　　我問過了，比妳買的當時漲了一些，如果賣掉，還
　　　　完貸款，至少還有兩三百萬……這兩三百萬，過幾
　　　　年，說不定我們就可以賺回來好幾倍……可以有更
　　　　好的房子，更安心的日子，更好的生活，不用看人
　　　　臉色。除非這輩子妳就甘心這樣，做清潔工，滿意
　　　　現在的生活和朋友，那我就不勉強，也無話可說。
　　　　（說完，盯著美女看）

美　女：（好一會兒，才低聲說）這樣很好啊。

美　眞：妳的意思是……

美　女：我是說，現在這款日子，我感覺很好啊，起碼是人
　　　　生另外一個坎斬……

美　眞：所以，妳不想要改變就對了？

美　女：不是我不改變……是妳想的未來，我可能不曾想
　　　　過，嘛有可能跟不上……親像幾年前，清水的房子
　　　　……爸媽死後，我要去清貸款，妳說貸款妳會慢慢
　　　　還，叫我把錢給妳投資去做什麼.com，結果……厝
　　　　要給人家拍賣，妳說，哪有要緊，咱後擺甘會住清
　　　　水……害我就要把爸爸媽媽的神主牌仔，去寄在阿
　　　　姑伊厝……妳想的未來，我既然跟不上，啊我不如
　　　　安心過現在的日子就好……

美　眞：夠了！妳眞的夠了！清水一間破厝桶，妳就要念我
　　　　一世人……不過，也對啦，現在妳有房子，還當組
　　　　長，有信任妳的主管，底下有可以指揮的人……還
　　　　有一個會拉小提琴的男人，可以陪妳睡覺，可以弄
　　　　到妳哇哇叫……啊我有什麼？（美女看看她，忽然
　　　　一巴掌過去，音樂起，美女走回房間摔門。）

美　眞：（看著盛怒的美女，冷冷地說）你們都會後悔！

燈暗。降黑紗。舞台轉至管理員位置備用。

108

回憶

妳可憐啦妳，妳的文筆若這麼好，我就不免替妳煩惱啊！
不免驚後擺去被牽去賣還不知，
笨子笨不死……

回憶

國中時期的姊妹，兩人在寫功課。美真看看四周之後，從書包
裡拿出一封信給美女。

美　女：又要我幫妳送情書哦？
美　真：妳小聲一點啦。
美　女：妳談戀愛，為什麼要我當郵差？
美　真：妳幫個忙會死哦？
美　女：害我每次都被他同學笑我是花癡……萬一被抓到，
　　　　記過、通知家長，倒楣的都是我……爽到妳，艱苦
　　　　到我……

父親出現，美真低頭假裝讀書，背對父親的美女沒看見父親，
慢慢把信放進書包，父親攔住，冷冷地打開信。

父親：　（念信）如果對你的思念如春天的柳絮紛飛，我不
　　　　知道你的心是否會像靜靜的池水一般毫無避讓地承接
　　　　……一個思念一個漣漪……無聲地進入你的心扉……
　　　　（看看美女，之後又看信）知名不具……這誰寫
　　　　的？（美女沉默地站起來，父親看看她，看看美
　　　　真，然後朝美女，用信打了一下她的頭）妳可憐啦

妳……妳的文筆若這好，我就不免替妳煩惱啊……
就不免驚後擺去被牽去賣還不知，笨子笨不死……

燈暗

美女還是站著，父親離開。

嫉妒

難道你就不想改變？
像你那些朋友一樣……去大陸發展，
現在應該都不錯了吧？真是不懂。
就像我不懂你怎麼會看上我姊姊。

正在泡麵的管理員忽然看到什麼，轉身把收音機聲音轉小。
原來是美眞進來，難得穿家居服，短褲T恤，拿著便利商店的
袋子，裡面有飲料、泡麵什麼的。

管理員：今天沒上班？
美　眞：你明知故問吧？我不信我姊姊沒跟你說我失業了。
管理員：（笑笑地）妳在家，所以我們比較沒機會說話。
美　眞：你還不是普通的坦白。（按電梯）
管理員：坦白，是我們這種人的本能。
美　眞：所以連做愛都可以叫那麼大聲。（電梯門開）
管理員：做愛、Make love，那是你們的講法，我們這種人
　　　　不這麼說，我們說……
美　眞：嘿休。（進電梯，轉身）
管理員：不，打炮。
美　眞：眞是夠了！（走出電梯）你還有水嗎？（管理員楞
　　　　了一下）我也要泡麵，如果你還有開水，順便。

管理員有點受寵若驚地接過她的麵碗，幫她泡麵。

美　眞：以前覺得奇怪，說這個人怎麼老聽同樣一個電台，

後來才知道原來你是學音樂的。

管理員：我聽這個電台，是因爲他們話不多，跟我學什麼
　　　　沒關係。就像留美碩士，以前講話喜歡落幾句英
　　　　文，Shit、OK、Who care，現在反而時興北京
　　　　腔，山寨、火紅、特牛屎。

美　眞：你嘴巴可以更賤一點沒關係。

管理員：我說的也不一定是妳。不過……妳不是也要去了？

美　眞：關係、路子都搞定了，就等資金到位。

管理員：這話我朋友也說過。

美　眞：你也有朋友在那兒？

管理員：沒去的沒幾個。

美　眞：那你沒想過要去？

管理員：曾經想過，不過，那時候，我還沒離婚，我怕老婆。

美　眞：你老婆不讓你去大陸？

管理員：她也沒這麼直接說，不過她倒經常警告我：只要男
　　　　人都會去的地方，你一步也不能往那裡走。

美　眞：所以……你就甘心窩在這裡……打瞌睡、聽收音
　　　　機，泡我姊姊。

管理員：妳的嘴巴也不斯文。

美　眞：我沒有批評你的職業的意思，不過，你跟我姊姊畢
　　　　竟還是不一樣，難道你就不想改變？像你那些朋友
　　　　一樣……那麼早就去那裡，現在應該都不錯了吧？

管理員：好像不錯，聽說關係、路子都搞定，就等資金到位。

美　眞：是最近的事嗎？

管理員：不止，十幾年了，好像都一直這麼說。不過，他們的眼光跟能力畢竟不能跟妳比。

美　眞：我已經搞不清楚你這是眞心話還是嘲諷，就像我不懂你怎麼會看上我姊姊。

管理員：這怎麼說……

美　眞：你不是說，坦白是你的本能？可見你還是虛僞。

管理員：我承認體內還是有一點知識分子的殘留，不過跟妳比起來，濃度當然差很多。

美　眞：你大可不必牽拖這麼多，我在等你的答案。

管理員：她讓我覺得不被輕視，不被冷落……當然……還有一點點點寂寞，以及一點點生理需求。

美　眞：這答案還不錯，不然，我會徹底看不起你。

管理員：那我應該說謝謝，還是在心裡偷笑就好？

美　眞：隨便你。不過，有機會的話，我倒想見識一下你的造詣。

管理員：你說的是小提琴演奏還是腳底按摩？如果買一送一我也很樂意。

美　眞：當然是小提琴。按摩，謝謝，我怕痛。（美眞走向電梯，管理員跟過去幫忙按電梯。）

管理員：喂……很巧，今天是同事去看牙齒，我代班，他回
　　　　來，我就下班……

電梯開，美眞進去。

美　眞：看你。我都在。

走出來，看著美眞方向，微微笑著發呆。

燈漸暗

第十一場

引誘

在你熟悉的房間、熟悉的床鋪上，你可以用你熟悉的方式，
就像滿足我姊姊一樣，也滿足我一次。

燈亮之前，已先傳來陣陣曖昧的呻吟。

燈亮，管理員在幫美眞腳底按摩。美眞叫。

美　眞：受不了，受不了……可以了可以了，啊……這是哪
　　　　裡？

管理員：心臟。（又按，美眞一樣掙扎，叫。）

美　眞：這又是什麼器官……

管理員：肝。妳好像歸組都壞了了。

美　眞：你好像還眞的懂，按的地方雖然痛，但有一種解脫
　　　　感……

管理員：拜託，妳有才能，我們也有專業……OK？說不定
　　　　我還比妳了解妳的身體……比如……這裡……（美
　　　　眞又是一陣扭曲。）

美　眞：這又是另一種感覺，這哪個器官？

管理員：這裡無關器官，這裡顯示的是一種狀態，叫「欲求
　　　　不滿」。

美　眞：你夠了。

管理員：不要不好意思，誠實面對自己不是丟臉的事？何況
　　　　妳又不是少數，我按過的好多人都有同樣的毛病。

美　眞：你也幫我姊姊按過？

管理員：廢話，而且，比妳深入得多。

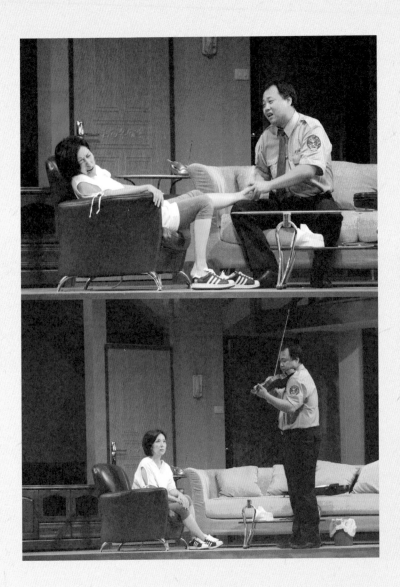

美　眞：她呢？也欲求不滿嗎？

管理員：奇怪，她跟其他人不一樣，沒什麼特別反應。也許
　　　　是她太過操勞了，這個部位，硬得跟石頭一樣，沒
　　　　有感覺。（手還是拎著美眞的腳）……這種時候，
　　　　我們一定要提起她嗎？

美　眞：（看他一眼，把腳從他手上挪開）也是。接下來
　　　　呢，你要爲我演奏什麼曲子？

管理員：老實說，我會的不多。

美　眞：我想聽那天晚上，你為她演奏的那一首⋯⋯
管理員：妳姊姊不懂德布希，所以，她聽到的是感情⋯⋯希
　　　　望你也能不用樂評的角度聽⋯⋯Special for you.

管理員拉起〈月光〉，我們不知道美眞是否在聽，只見她一邊
退到美女房間門口，把門打開，管理員停下來。

美　眞：後來⋯⋯你們就進房間了？
管理員：沒有，我們還講了一些話，喝了一點酒。
美　眞：時間不對，那些儀式我們可以省略。
管理員：妳想幹嘛？
美　眞：幹我。（管理員楞了一下）怎麼？你是怕我，還是
　　　　我有哪一部分比我姊姊差？（管理員搖搖頭）那不
　　　　就好了，（美眞拿下他的，小提琴，看著）在你
　　　　熟悉的房間、熟悉的床鋪上，你可以用你熟悉的方
　　　　式，就像滿足我姊姊一樣，也滿足我一次。（美眞
　　　　拉管理員進去，把房門關上，燈漸暗）
美　眞：說不定我也會和我姊一樣，叫出聲音來⋯⋯

燈暗。音樂起。

燈亮，是下午六點的光線。美女臥室是暗的，美眞已經坐在有
點昏暗的客廳裡，衣服穿好了，但頭髮有點亂。

音樂淡出

管理員：（在床上的聲音）幾點了？

美　眞：六點多，我姊姊快回來了。

管理員：（起床，在床上摸內褲，找不到）乀，我的衣服呢？

美　眞：在外面啊。

管理員：（裹著床單起身，開門，發現門被鎖了）妳幹嘛，喂，妳在幹嘛？妳不是說妳姊姊快回來了？

美　眞：是啊，我們就是要一起等她。

管理員：妳好毒！

美　眞：哪會，這是知識，策略的建立與管理，是我碩士論文的一部分。（管理員猛敲門之後，停住，頹喪地坐在床邊）

美　眞：你不及格。不知道是你技術不好還是你根本吸引不了我，別說高潮，我連快感都沒有。

鑰匙開門聲。

美眞走到臥室開門，把內褲丟給管理員，走過來，美女進來，一身都是勞動整天後的痕跡，先是笑著說：妳今天攏沒出去哦？然後看到管理員穿內褲走出來，呆住。管理員找到長褲，尷尬地猛套。

美　眞：姊，這個人好像不能擺在亮處看哦……妳看他那一
　　　　身肥肉……超醜。這樣的人，妳竟然要跟他攪和半
　　　　天，還要煮飯煮菜給他吃，才從他那裡得到一點安
　　　　慰、一點好處……妳知道嗎？今天下午，我只是要
　　　　他幫我泡個麵，妳有的我什麼都有了，還加送一次
　　　　腳底按摩……（這過程中，管理員忙著穿衣服，美
　　　　女近乎呆滯地動也沒動）姊，妳放心，他還是妳的
　　　　……如果就因為他會拉個小提琴，我就跟妳一樣愛
　　　　上他……那我會看不起我自己。
美　女：（平靜、有點哽咽的聲音）為什麼妳什麼都要跟人
　　　　家比？為什麼妳什麼都要贏？我已經輸妳一世人
　　　　了，連這妳也要捧捧去？贏我這款人，對妳來講，
　　　　敢有什麼意義？

音樂起，美女疲憊地走向臥室，燈漸暗，她撿起地上的皮帶、襪子、皮夾什麼的，一件一件，節奏很慢地往外面丟。

燈暗

微暗的客廳，兩姊妹的房間燈是亮著的，美真房的燈比美女的
暗一點。穿睡衣的美女在房間裡裝新的枕頭套、鋪新床單，拿
出一床毯子，在床上擺好。舊的枕頭套、床單、被子丟在一
邊。理一下，然後把棉被、枕頭套包起來，提出來，丟到廚房
的一角。然後，看看有飯菜的餐桌，稍走出來朝美真的臥室講
話。

美　女：妳不吃哦？……菜我沒收哦，卡晚若餓，吃吃咧，
　　　　才放冰箱。（走到客廳的位子上）不知道是心情的
　　　　關係還是怎樣，剛剛洗澡的時候，忽然想起我們國
　　　　中的時候很流行的一首歌……我不知道妳還記不記

得……那個時陣，歌聽起來就是歌而已……現在，
忽然間哪會感覺，那歌詞跟咧在寫咱咧……（輕輕
唱起來）

什麼時候兒時玩伴都離我遠去，
什麼時候身旁的人已不再熟悉，
人潮的擁擠，拉開了我們的距離，
沉寂的大地，在靜靜的夜晚默默的哭泣，
誰能告訴我……誰能告訴我，
誰能告訴我……音樂起。

音樂起燈漸暗。

燈亮。燈光有點奇特，有一點煙在移動著的管理員位置，一個陌生的管理員笑笑地，看著一個無形但特定的對象說：你好，我是新來的保全，請多指教。舞台繼續旋轉，轉到暗暗的姊妹住處，光慢慢沁入有煙的環境中，忽然一道強光打在吊在樓梯上沿的屍體上，美真OS大叫：姊！姊！

美女OS：我寧願妳不要這樣叫我，這樣叫，我就沒責備妳的理由。妳自己要有心理準備……在妳的人生內底，萬項卡歹嘛擱贏過我，一個。現在我不在了……未來，妳的自尊和驕傲真正就要靠妳自己認真找。

很強的音樂，持續問著：
誰能告訴我，誰能告訴我，誰能告訴我……

燈漸暗

音樂最後一句是：
是我們改變了世界，
還是世界改變了我和你？

燈亮

美眞臥室，美眞猛醒。（音樂變成平靜的：一樣的月光一樣地
照著新店溪……）
美眞快步走出臥室，走到樓梯那邊，看著空空的欄杆空間。然
後下樓梯走向美女臥室，正要開門，忽然聽見美女在後面說：
美眞……。美眞嚇一跳回頭，看到美女坐在暗暗的餐桌邊獨自
喝酒。

美　女：美眞，妳剛剛眠夢哦？喊到足大聲。

美　眞：然後，妳有跟我說話？

美　女：我連妳在講啥都聽無咧，怎麼跟妳講話？我是被妳
　　　　吵醒，一時睏不去，不才起來倒酒飲……妳夢到什
　　　　麼？

美　眞：我夢到妳死了……自殺……就在那邊，我看得很清
　　　　楚，妳穿的是我們去五分埔買的那套衣服。

美　女：妳很傻，哪會把阿姊看嘎這麼軟價……阿姊有一堆
　　　　代誌要顧，哪有可能沒責沒任放放咧，去走那條
　　　　路。遠的別說，這間厝，雖然沒多大間，無論如
　　　　何，我也要把貸款付到清，我才會安心……妳台
　　　　北、美國、台北、北京安呢走，尙沒也要有一個所
　　　　在通回來……清水阿姑老了，咱也要加減顧……阿

爸阿母的神主牌，未來要怎麼安排也還不知……還
有，妳在美國的時陣，爸爸有交代……說妳冊讀
多，萬項想自己，人情世事丟一邊，說，叫我就要
遠遠仔替妳注意……尙無也要等到妳結婚生子才離
開……伊講到有夠細，說有一天伊若過身，要燒金
的時陣，叫我要稍可給妳注意，不要以爲大張的卡
體面，拿天公金燒給伊做庫錢……爸爸不講話，每
次講，都會笑死人……

美　眞：那妳都在騙我……妳不是說你沒能力負責任，所以
　　　　比較沒負擔？

美　女：沒啦，我是想說，責任放在心肝內就好，若用嘴一
　　　　直講給別人知……別人聽到，負擔會比妳自己攔卡
　　　　重……

美　眞：姊……（管理員演奏的〈月光〉淡入）

美　女：（哽咽）我寧可妳不要這樣叫我，每次若聽妳這樣
　　　　叫，想一山棚要責備妳的話……都攏講不出嘴……

美　眞：那個人走了……他有跟妳說什麼嗎？

美　女：他說……我可以恨他一輩子沒關係，他都願意默默
　　　　承受……我就跟他說，這種電視劇的話講再多再重
　　　　都是空……他說我煮的菜眞好吃，我就跟他說，這
　　　　世人，你免想攔號溝嘟。人生經過的查甫人又不是
　　　　只有他一個……我的心內沒有恨不恨，我攏怪自己

眼睛看無眞……因爲眼睛看不眞，睹到奧咖難免傷心……但是，我還是相信愛情……愛情……像月光，在天地最暗的時陣……伊尙光。音樂拉大。

燈暗

劇終

【演職人員總表】　　吳念眞 / 清潔公司負責人

黃韻玲 / 美眞

林美秀 / 美女

柯一正 / 美眞、美女之父

陳希聖 / 大樓管理員

李永豐（2009）/ 賊頭

歐D（2011）/ 賊頭

林聖加 / 賊乙

Brook Hall / 外商公司主管

李良仁 / 清潔公司員工1

陳竹昇 / 清潔公司員工2

廖君茲 / 美眞（小時候）

邱碧盈 / 美女（小時候）

林綉秦 / 清潔公司同事、姑媽

楊昕翰 / 日籍應徵者．清潔公司同事．唱片行老闆

高基富 / 警察

許世德（2009）／ 外商公司同事．新管理員

高基富（2011）／ 外商公司同事．新管理員

尹崇珍 / 女應徵者（ABC）

韋利 / 外商公司同事

編劇／導演
吳念眞

製作人
李永豐

副導演
李明澤

舞台設計
曾蘇銘

燈光設計
李俊餘

音樂設計
聶琳

服裝設計
任淑琴

梳化妝
洪沁怡、陳美雪（2009）
好萊塢的祕密（2011）

排練助理
廖君茲、萬俞伶（2009）
林綉秦（2011）

執行製作
汪虹、吳怡毅、李彥祥、
張雅婷 （2009）
吳怡毅、李彥祥、廖惠如
（2011）

舞台監督
鐘崇仁

舞台技術指導
陳威宇

燈光技術指導
朱俊達 （2009）
邱逸昕 （2011）

舞台道具製作
風之藝術工作室

燈光、音響工程
風之藝術工作室

綠光劇團

從一九九三年成立至今，綠光不斷爲了製作「好戲」而努力，這中間經歷了無數的考驗：觀衆口味的新鮮感、市場需求的變化、經濟環境的動盪、劇場人才的流動……每一樣對於製作一齣好戲都是嚴厲的挑戰，我們曾經束手無策、也曾經沮喪失落，但是咬著牙從來不願放棄。於是，在一次次尋找新方法，嘗試新創作的過程中，我們看到又一齣「好戲」被完成、我們看到觀衆用力鼓掌的激動情緒，我們看到密密麻麻寫滿感動心情的問卷，我們看到大家一次次再回到劇場欣賞綠光的演出，綠光劇團始終相信，在劇場中，是大家，成就了這充滿希望的「綠光」。

原創音樂劇系列：

創團以來，以原創的中文歌舞劇作品啓動了台灣劇場對歌舞劇的重視及製作熱潮。十多年來，上班族的故事《領帶與高跟鞋》寫下了演出場數最多、至今仍演出不輟的紀錄，更獲邀到北京、紐約等地演出；改編自元雜劇的《都是當兵

惹的禍》將傳統戲曲與現代劇場藝術巧妙結合，引起國內外廣泛討論與迴響；將族群融合問題，以輕鬆幽默的《結婚？結昏！—辦桌》的必經人生經驗表達，不僅同時獲得票房與藝術成就的肯定，還獲得金曲獎的三項提名。向經典學習的《月亮在我家》《女人要愛不要懂》，綠光以不同類型的音樂劇創作一再挑戰自我，也為國內音樂劇界提出最優質與多變的音樂劇劇目。

國民戲劇系列：

引燃國內音樂劇熱潮後，綠光將創作觸角回歸戲劇的本質，2001年創意大師吳念真加入綠光的行列，《人間條件》系列四部作品至今已經上演超過150個場次，每推出就會造成搶票熱潮。吳念真用最平實的方式、最親近的語言，交錯著自身的生命記憶與最真實的情感，述說市井小民們的愛恨情仇，觸動你我心底最深的感動，其深刻動人的劇本架構貼近一般國民真實的生活，其生活化的導演手法感動著普羅大眾，成功吸引許多從未觀賞過舞台劇的人走進劇場，因而被定位為國民戲劇。2011年《人間條件》系列創紀錄連演，挑戰一個月馬拉松式的演出，掀起另外一波人間狂潮。

世界劇場及臺灣文學劇場系列：

2003年綠光劇團推出《世界劇場》系列，每年引進當代世界劇壇的創意新作，不乏許多東尼獎、普立茲獎得獎作品，讓專業演員可以有好作品發揮所長，讓國內觀眾不必出國，也可以看到國際間精采的劇作。至今已經推出十部作品，我們看到了觀眾對好劇本的渴求；在一次次學院教授、國內劇作家們的好評下，我們看到將觸角延伸出去的必要性。2010年的《台灣文學劇場》系列，希望透過舞台劇的形式，跟大家分享台灣這塊土地生活經驗的情感與感動，也讓大家重新認識台灣這些優秀的文學家。

表演學堂：

除了演出之外，綠光也致力於戲劇推廣工程。開創「表演學堂」規劃設計戲劇訓練課程給一般大眾，同時落實演員培訓，提供「表演學堂」優秀結業學員實際參與劇場的演出機會。更同步持續走進校園，以有趣的戲劇呈現方式拉近學生與表演藝術的距離，接觸藝術、享受藝術，培養新一代觀眾走進劇場。

The Eurasian Publishing Group
圓神出版事業機構
用心為你對話‧視野無限寬廣

圓神出版社
Eurasian Press

www.booklife.com.tw

reader@mail.eurasian.com.tw

圓神叢書 109

人間條件4——一樣的月光（附DVD）

作　　者／吳念真、綠光劇團
劇照攝影／張大魯
發 行 人／簡志忠
出 版 者／圓神出版社有限公司
地　　址／台北市南京東路四段50號6樓之1
電　　話／(02) 2579-6600‧2579-8800‧2570-3939
傳　　真／(02) 2579-0338‧2577-3220‧2570-3636
郵撥帳號／ 18598712　圓神出版社有限公司
總 編 輯／陳秋月
資深主編／沈蕙婷
責任編輯／林欣儀
美術編輯／劉嘉慧
行銷企畫／吳幸芳‧涂姿宇
印務統籌／林永潔
監　　印／高榮祥
校　　對／沈蕙婷、林欣儀
排　　版／莊寶鈴
經 銷 商／叩應股份有限公司
法律顧問／圓神出版事業機構法律顧問　蕭雄淋律師
印　　刷／國碩印刷廠
2011 年 11 月　初版
2021 年 7 月　8 刷

音樂授權

一樣的月光

詞：羅大佑、吳念真　曲：李壽全
OP：Universal Music Publishing Ltd.
　　　Warner/Chappell Music H.K. Ltd.
SP：Warner/Chappell Music Taiwan Ltd.

定價 599 元　　　　　ISBN 978-986-133-387-8

每一本書，都是有靈魂的。

這個靈魂，不但是作者的靈魂，

也是曾經讀過這本書，與它一起生活、一起夢想的人留下來的靈魂。

——《風之影》

想擁有圓神、方智、先覺、究竟、如何、寂寞的閱讀魔力：

◪ 請至鄰近各大書店洽詢選購。

◪ 圓神書活網，24小時訂購服務

免費加入會員‧享有優惠折扣：www.booklife.com.tw

◪ 郵政劃撥訂購：

服務專線：02-25798800　讀者服務部

郵撥帳號及戶名：18598712　圓神出版社有限公司

國家圖書館出版品預行編目資料

人間條件.4，一樣的月光 / 吳念眞，綠光劇團文.
-- 初版 -- 臺北市：圓神，2011.11
144 面；14.8×20.8公分 --（圓神文叢；109）

ISBN 978-986-133-387-8（平裝‧附光碟片）

854.6

100019219